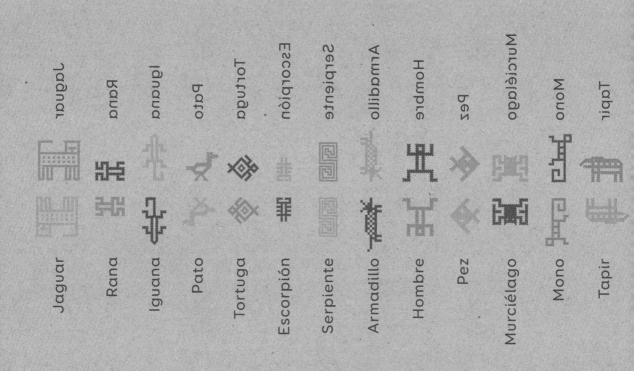

| Jaguar | Rana | Iguana | Pato | Tortuga | Escorpión | Serpiente | Armadillo | Hombre | Pez | Murciélago | Mono | Tapir |

Ediciones Ekaré

Opuestos

Ana Palmero Cáceres

grande

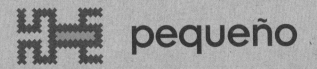
pequeño

subir

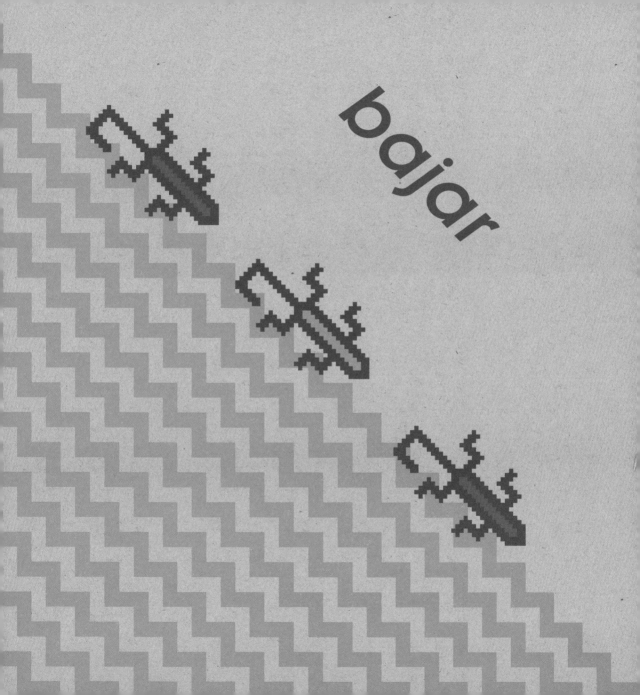

pocos

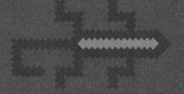

muchos

arriba

abajo

orden

desorden

corto

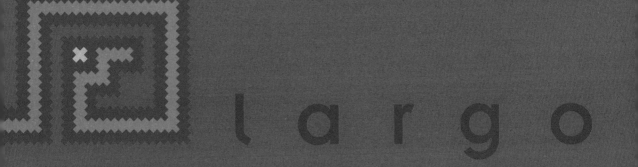

largo

diferentes

iguales

detrás

izquierda

derecha

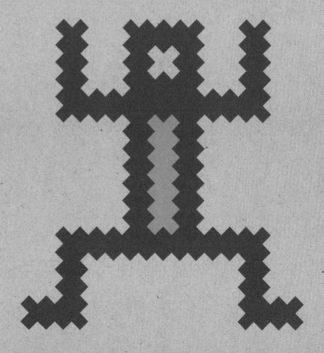

vacío

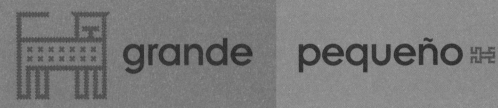 grande   pequeño

subir   bajar

pocos   muchos

arriba   abajo

orden   desorden

corto   largo

diferentes   iguales

detrás   delante

izquierda   derecha

lleno   vacío

Notas entrelazadas: Cuando vi por primera vez las cestas de los ye'kuana pensé en hacer algún juego a partir de los monos, ranas y otros de sus animales geometrizados.

En este libro tomo referencias de sus tejidos, y en base a ellos, establezco comparaciones a partir de conceptos opuestos en relación al tamaño, forma y color.

Los ye'kuana habitan al sur de Venezuela, en el corazón de la selva amazónica. Viven rodeados de ríos y su nombre significa «pueblo de agua». Son excelentes tejedores de cestas. Los niños van aprendiendo a tejer al observar y ayudar a los adultos. Antes era una ocupación masculina y quienes las hacían eran personas influyentes en la comunidad. Actualmente las mujeres también participan en su elaboración.

Hace muchos años las mujeres solo tejían wuwas o cestas sencillas con forma de reloj de arena que ellas mismas utilzaban en su trabajo diario de recolección. Hoy en día han incorporado variados diseños y colores a los tejidos.

Las cestas se realizan con las fibras de la palma, el bambú o el mamure. Se tiñen con pigmentos naturales de la zona. Los colores como marrón y negro, y en algunos casos rojo, se entrelazan en sus diseños.